Dieses Schneider-Buch gehört
Geschenkt von
Oma Ingrid

ABC

Max Kruse

Das bunte ABC

Mit Bildern von Ingeborg Haun

Der Affe frißt den Apfel gern,
die Ananas hat keinen Kern.

Die Amsel flötet im April,
der Ansager ist selten still.

Die Ameise zwickt ganz gemein,
der Abt trinkt manchmal abends Wein.

Bb *Bb*

Der Biber staut mit Holz den Bach,
der Bagger macht beim Baggern Krach.

Die Burg steht oben auf dem Berg,
im Brunnen wohnt der Brunnenzwerg.

Der Barsch ißt niemals Blumenkohl,
die Biene fühlt im Bau sich wohl.

Coyoten heulen in der Nacht,
der Clown weint nur, damit man lacht.

Der Chor singt leise oder laut,
die Creme schmiert man sich auf die Haut.

*Und Christophs Vater es verdrießt,
wenn man beim Camping Comics liest.*

Der Dackel bellt den Dompfaff an,
die Dogge ist kein Dobermann.

Der Schotte spielt den Dudelsack,
der Dirigent trägt einen Frack.

Der Doktor heilt das Dromedar,
und im Dezember schließt das Jahr.

Ee *Ee*

Der Elefant legt nie ein Ei,
die Eisenbahn fährt schnell vorbei.

Die Eule lehrt das Einmaleins,
der Esel kann noch immer keins.

Der Eskimo lebt auf dem Eis,
die Erde dreht sich fast im Kreis.

2 8284-4

Ff *Ff*

Im Feuer gibt es Funkenflug,
ein Feigling ist vielleicht sehr klug.

Die Flaschenpost schwimmt auf
dem Fluß,
das Fernsehn macht bei Nacht
erst Schluß.

Den Fußball kickt man hin und her,
und Floh und Fliegen stören sehr.

Im Garten wächst die Gurke krumm,
der Gockelhahn stolziert herum.

Am Gipfel sind die Gräser grün,
Glühwürmchen nur im Dunkeln glühn.

Ein Gaul grast glücklich hinterm Gatter,
die Gans erkennt man am Geschnatter.

Der Hamster holt die Haselnuß,
der Hase hoppelt aus dem Schuß.

Heilkräuter helfen oft bei Schmerz,
die Henne hat ein kleines Herz.

Die Hoheit setzt sich nicht ins Heu,
die Hexe bleibt der Hölle treu.

Ii *Ii*

Der Igel stellt die Stacheln auf,
der Isarfluß folgt seinem Lauf.

Der Ingenieur macht einen Plan,
Italien hat den Stiefel an.

Und manches Kind aus Itzehoe
wär über einen Iglu froh.

Jj *Jj*

Im Januar beginnt das Jahr,
in Sümpfen lebt der Jaguar.

Im Juni ist die Sonnwendnacht,
die Jolle ist ′ne Segeljacht.

Der Jäger jagt mit dem Gewehr,
und Japan liegt im großen Meer.

Der Knabe hat den Knecht geneckt,
die Katze hat am Krug geleckt.

Der Kasper lacht den König aus,
die Kirche ist ein Gotteshaus.

Im Karneval gibt's viel Klimbim,
das Klima ist am Nordpol schlimm.

Ll *Ll*

Das Lineal liegt in der Lade,
dem Lausbub schmeckt die Limonade.

Herr Lohengrin verreist im Schwan,
der Lachs mag keinen Lebertran.

Das Lama spuckt nach Lust und Laune,
und eine Laus hockt auf dem Zaune.

Mm *Mm*

Der Maulwurf gräbt im Mistbeet tief,
der Mond sitzt auf der Mauer schief.

Der Marder schläft im Maisfeld ein,
die Maus pfeift auf dem Meilenstein.

Der Maurer streicht den Mörtel glatt,
Maikäfer krabbeln übers Blatt.

3 8284-4

Nn *Nn*

Das Nagetier nagt an der Nuß,
der Nil ist ein sehr großer Fluß.

Nomaden durch die Wüste ziehn,
Napoleon war auch in Wien.

Das Nashorn schnaubt voll Niedertrach
die Nachtigall singt in der Nacht.

Die Palme wächst in der Oase,
des Onkels Tochter ist die Base.

Die Ölsardine schwimmt im Fett,
der Ohrwurm wuselt übers Bett.

Tobt im Oktober der Orkan,
dann brüllt der Stille Ozean.

Pp *Pp*

Auch der Pirat wird pflaumenweich,
trinkt er ein Pils beim Wüstenscheich.

Der Pudding schmeckt dem Philosophen,
Pantoffeln stehen hinterm Ofen.

Perlzwiebeln liebt der Pavian,
und Fische fängt der Pelikan.

Quecksilberdampf ist ungesund,
Querflöte bläst man mit dem Mund.

Ein Quietscher ist oft eine Qual,
Quacksalber gibt es ohne Zahl.

Der Qualle Fäden brennen stark,
der Quirl verrührt den dicksten Quark.

Der Räucheraal ist mausetot,
das Rührei war noch niemals rot.

Der Regen tut dem Rasen gut,
der Rüpel rauft aus Übermut.

Die Robben schwimmen leicht Rekord,
und Rennen ist ein Pferdesport.

Im Schnee saust man auf Skiern rum,
im Netz die Spinne lauert stumm.

Der Seehund schwimmt sehr elegant,
den Spargel ißt man mit der Hand.

Der Schmied erhitzt zur Glut den Stahl,
das Staubkorn tanzt im Sonnenstrahl.

Tt *Tt*

Die Tinte tropft aufs Titelblatt,
der Tanzbär trottet durch die Stadt.

Die Taube hat kein Telefon,
sie gurrt im Turm mit sanftem Ton.

Das Taxi hupt: Tütü-tata!
Die Trambahn war schon vor ihm da.

Uu *Uu*

Der Uhu ruft, die Ulme rauscht,
die Unke tief im Urgrund lauscht.

Das Ungetüm bleibt unerreicht,
die Unterlippe zittert leicht.

Das U-Boot fährt nach Übersee,
das Ungeheuer spielt im Schnee.

Vv *Vv*

Der Vogel singt im Obstspalier,
Vanille-Eis mag kein Vampir.

Der Vollmond spiegelt sich im Teich,
das Veilchen lebt im Pflanzenreich.

Der Vater ruft den Vetter an,
und der Vesuv ist ein Vulkan.

Ww *Ww*

Ein Westernheld ist Winnetou,
die Windsbraut haut die Fenster zu.

Die Walnuß wächst im Walnußbaum,
die Wanze stört den schönsten Traum.

Das Wildschwein wird vom Wirt gebraten,
Walfänger durch das Wattmeer waten.

Xx *Xx* Yy *Yy*

Sehr schwer lernt man das Xylophon,
X-Beine hat so mancher Sohn.

Wer Xerxes oder Xaver heißt,
am besten bald nach Xanten reist.

Der Yak steht unbewegt im See,
still stapft der Yeti durch den Schnee.

Und Yukatan und Yverdon
schreibt man bestimmt mit Ypsilon.

Im Zickzack ist das Ziel sehr weit,
die Zukunft ist ein Teil der Zeit.

Das Zeugnis ist oft zweifelhaft,
der Zottelbär hat sehr viel Kraft.

Der Zaubrer tritt im Zirkus auf,
der Zulu übt den Dauerlauf.

Die Deutsche Bibliothek – CIP-Einheitsaufnahme

Kruse, Max:
Das bunte ABC / Max Kruse. – [2. Aufl.]. – München :
F. Schneider, 1992
ISBN 3-505-08284-8

Titelbild und Illustrationen: Ingeborg Haun
Umschlaggestaltung: Heinz Kraxenberger
Lektorat: Helga Jokl
Herstellung: Gabi Lamprecht
Druck: A. Huber GmbH & Co. KG, München
ISBN 3-505-08284-8